49

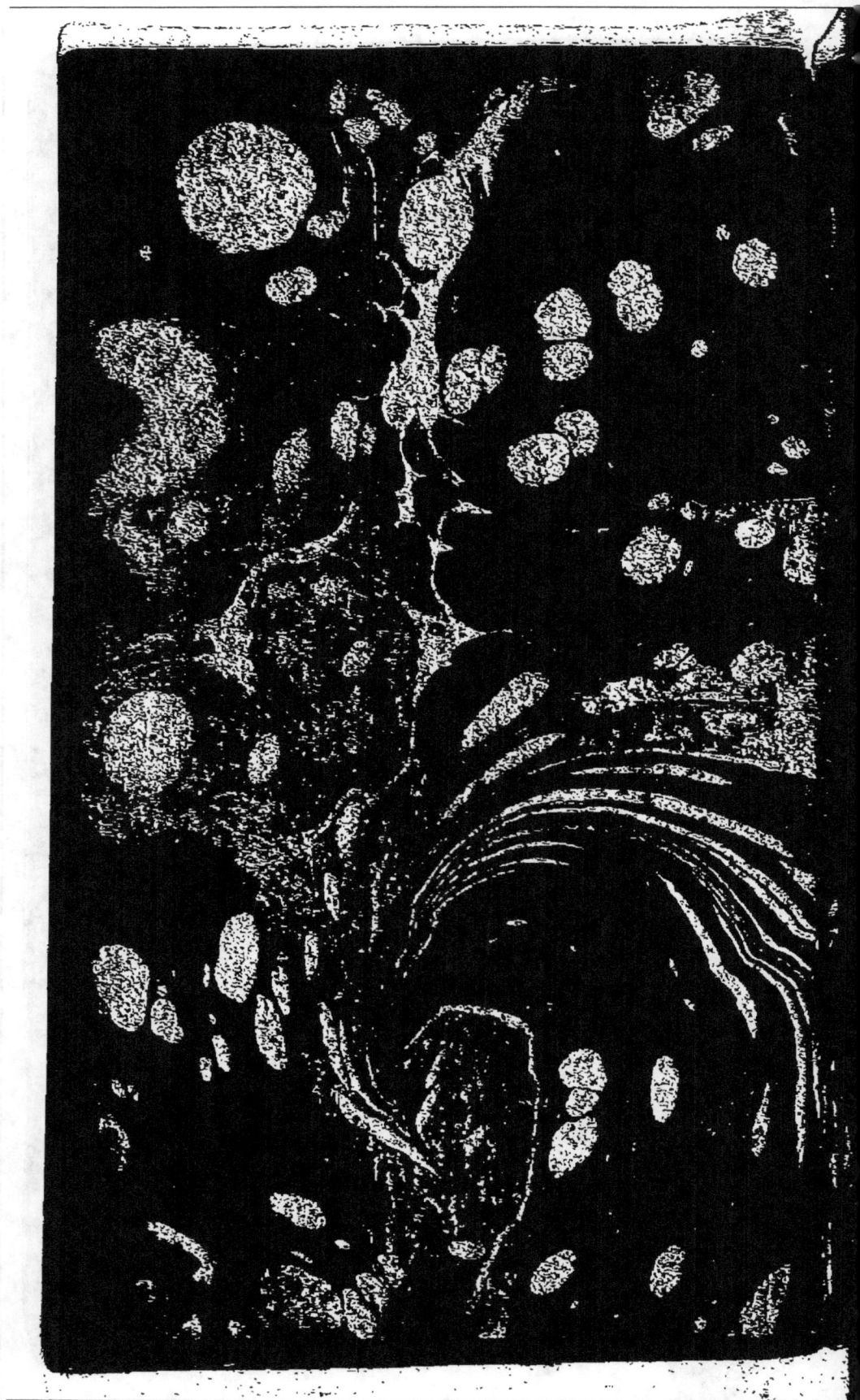

Cas Demjen 1724.

LE
BARON
D'ASNON.

COMEDIE.

M. DC. LXXX.

MONSEIGNEUR

LE MARQUIS

DE MONTAUBAN,

Lieutenant General des Armées
du Roy, & de la Comté
de Bourgogne, &c.

MONSEIGNEVR;

JE rougis de vous offrir un Ouvrage si foible & si peu digne de Vous. Je sçay bien que ce n'est point par des bagatelles qu'il faut s'acquiter des respects & des hommages qu'on Vous doit : mais je sçay aussi qu'il

n'eſt point de tributs capables d'y répondre, & ne pouvant ſatisfaire à vôtre gloire, j'ay tâché de me rendre uti-
le à vos plaiſirs, j'ay crû que les plai-
ſanteries du Barõ d'Aſnon, qui avoient
quelque fois le bonheur de vous rejoüir
dans le particulier, pourroient bien
Vous divertir ſur la Scene, lorſqu'elles auroient plus de ſuite & de cha-
leur, & qu'elles ſeroient liées & re-
levées de quelques Intrigues. Le peu
de temps que j'ay eu pour les prepa-
rer, pour faire ma Piéce, & Vous
en donner une repreſentation, ne m'a
pas permis d'y apporter plus de juſteſſe.
Je ſuis trop heureux, MONSEI-
GNEVR, ſi vous en pardonnez les
manquemens à mon zele: Il me ſeroit
bien glorieux de pouvoir contribuer
un moment aux plaiſirs d'une Perſon,
ne auſſi chere à l'Etat. La Catalogne
la Sicile, la Hollande & l'Allemagne
entiére ont eſté le champ de vos com-

bats & de vos victoires ; & la France doit à vôtre bras le salut & la vie d'un de ses plus grands Capitaines ; elle en conserve la memoire avec joye, & vous regarde encor aujourd'huy dans la place que vous tenez de Lieutenant General de l'une de ses plus importantes Provinces, comme l'un de ses plus illustres & plus assûrez Deffenseurs. Permettez, MONSEIGNEUR, que je joigne mes reconnoissances aux siennes, & Vous supplie de m'accorder l'avantage de me dire

MONSEIGNEUR,

Vôtre tres-humble,
tres respectueux & tres-
obeïssant Serviteur,
DENIS DE VARENNES.

ACTEURS.

LE BARON D'ASNON.
LA DUCHESSE.
CLITANDRE.
ROBIN , Cordonnier frere du
    Baron.
PERRETTE , Vachere sœur du
    Baron.
MADAME REVESCHE , son
    Hostesse.
COLLET , Homme d'Intrigues.
DUPLESSIS.   Débauchez
LA FLEUR.

La Scene est à Besançon.

LE BARON D'ASNON.

COMEDIE.

SCENE PREMIERE.

LA DUCHESSE, CLITANDRE, COLLET.

CLITANDRE.

VOus parliez du Baron d'Afnon
Que vous a-il fait tout de bon?

LA DUCHESSE.

Ce bon fol, depuis vôtre abſence,
Oſe m'aymer avec outrance,
Et comme pour me divertir,
J'ay d'abord feint d'y conſentir,
Il authoriſe ſon hardieſſe,
M'appelle ſon cœur, ſa Ducheſſe,

A

Me bouchonne, me veut baiser,
& pretend demain m'épouser.
Pour finir tout ce badinage ;
& tâcher de le rendre sage,
Je vous luy fais joüer des tours,
Où Collet m'est d'un grand secours,
Vous en rirez trop,

      CLITANDRE. à la Duchesse
à Collet.   J'en veux estre,
Mais s'il vient à te réconnoistre ?
      COLLET.
Le Baron ne m'a jamais vû,
      CLITANDRE.
Et comment donc le connois-tu ?
      COLLET.
Et l'on me l'a fait voir, Jarnie !
Je sçay tout le cours de sa vie.
Vous allez rire honnestement ;
Laissez-moy faire seulement,
J'ay contre luy, pour cette piece,
Aigry l'esprit de son hôtesse,
J'ay fais amorcer ses parens,
Mis en campagne d'autres gens,
      LA DUCHESSE.
Souviens toy ?

COLLET.

Redite inutille ?
Cachez-vous, il revient de ville.

SCENE SECONDE.

LE BARON, LA DUCHESSE,
CLITANDRE & COLLET *cachez*

LE BARON.

CElà vous apprendra Marquis
A faire au Baron des défits,
Ah ! qu'on rira de cette piece !
Tente un baiser sur la Duchesse ;
Ce Loüis en sera le prix,
Disoit-il, avec des souris,
Et c'étoit pour me faire battre ;
Mais le Baron a sçû t'abbattre,
Et trompant tes desirs malins
T'a tiré ton Loüis des mains ;
En as-tu Marquis pour ton côpte ?
Je l'en ay vû rougir de honte,
Et je l'en ay cru même aigry.
Du coup la Duchesse a tant ry,
Qu'à ses ris se laissant conduire,
Châcun s'est éclaté de rire.

CLITANDRE.

Vous ne m'aviez pas dit celà,

LA DUCHESSE.

Je vous aurois souhaité là.

LE BARON.   [ce

Tu vaux mieux pour moy chere pié-

Que cent baisers de la Duchesse,

Cependant, de peur d'accidens,

Je te trouve mieux là dedans.

Il serre son loüis.

SCENE TROISIEME.

COLLET, LE BARON, CLI- TANDRE, LA DUCHESSE.

LE BARON.

Mais d'où vient qu'avec tan
     d'audace

Cet homme me regarde en face?

Eh ! ne sent-il point mon Loüis,

COLLET.

Mes yeux ne sont point éblouïs :

C'est

LE BARON.

Quoy ?

COLLET.
!C'eſt luy ,
LE BARON.
Moy !
COLLET.
C'eſt luy-même.
Je vous cherchois ah, joye extreme!
Tout vous rit, cher Baron d'Aſnon
LE BARON.
Je ne vous connois point
COLLET.
Moy ?
LE BARON.
Non.
COLLET.
Il n'eſt pas qu'il ne vous ſouvienne,
De m'avoir, en Cour, vû dans Viene.
LE BARON.
Parbleu je ne m'en ſouviens pas,
COLLET.
Vous ſouvenez-vous de Forcas !
* à part.   LE BARON.
Peu, *trop, dont il me ſçut déplaire;
*Mais ce n'eſt pas là mon affaire,
*à Collet.   COLLET.
Tous deux eſtiez à l'Empereur ,

LE BARON.

Il dit vray, ce n'est point erreur;

COLLET.

Mais vous, sur tout, faisiez figure,

LE BARON.

Vous m'avez vû donc en posture,
Oh tant mieux !

COLLET.

       Vous estiez l'amout

De l'Empereur & de sa Cour,

LE BARON.

Oh ! oh ! il avoit, de mon regne,
Une face riante & pleine ;
Depuis que là je l'ay planté,
Il a perdu joye & santé.

COLLET.

Surprise de vôtre retraite,
Toute la Cour vous y regrete,
Et je viens vous solliciter....

LE BARON.

Au diable qui veut en tâter :

COLLET.

L'Empereur tout exprés m'envoye,
Et vous souhaite avecque joye,
Vôtre fortune est en vos mains.

LE BARON.

Pour m'avoir ſes efforts ſont vains,
Avec moy ſur certaine choſe,
Point de retour, mais bouche cloſe,
Je veux, ſans cabale, & ſans choix,
Que le merite ait tout ſon poids.

COLLET.

Une Princeſſe en mariage,
Avec un puiſſant appanage,
C'eſt le preſent qu'il vous promet,

LE BARON.

De ſon Forcas s'eſt-il défait?

COLLET.

Non, voilà ce qui vous chicane,

LE BARON.

Vous l'avez trouvé, Dieu me danne,
Je ne ſçaurois ſouffrir des fous,
Ce fol m'inſultoit à tous coups,

COLLET.

Il vous bâtonna d'importance,
Mais bagatelle, en recompence,
Oh! qu'on luy riva bien ſon clou,

LE BARON.

Ne parlons donc plus de ce fou,
Sans ſon coutelas homicide,
J'aurois trop eſté ſon Alcide,

Mais avec ce fer ce brutal
D'un seul coup fendoit un cheval,
Et, passant à moy de la beste,
M'eut à mon tour fendu la teste ;
D'ailleurs, contre un fol, des cóbats
Eussent deshonnoré mon bras.
Besançon est mon domicile.

COLLET.

Vous resterez en cette ville,
Je ne crois pas que ce lieu cy...

LE BARON.

Je vois de braves gens icy,
Avec qui je vis comme un Prince,
Le Lieutenant de la Province,
L'Intendant, qui sont trop heureux
De me voir tour à tour chez eux,
Je fais le plaisant, les cajolle,
& j'attrape ainsi la pistole,
Le Lieutenant vient même encor
De me jetter vingt Loüis d'or,
Je trouve chez eux table ouverte,
Il est vray qu'encor j'y fait perte,
Et que je pourrois bien ailleurs
Pretendre des destins meilleurs.

COLLET.

Un homme de vôtre importance,
Devroit eftre à la Cour de France.
Refter icy ? vous mocquez vous,

LE BARON.

Mon merite a fait des Jaloux ;
En Cour, je m'étois fait paffage ;
Mais certain Marquis pas trop fage
craignant, qu'ayant planté la foy,
Je luy nuiffiffe auprés du Roy,
Par un Duc me fit faire injure,
Qu'il me payera, je vous le jure ;
Car je m'y veux, malgré fes dens,
Voir adorer dans peu de temps,
Et déja pour luy faire piece,
Demain j'époufe une Ducheffe,
Riche, puiffante, belle à voir,
Il s'en pendra de defefpoir,

COLLET.

Il aura raifon,

LE BARON.

Davantage :
En faveur de ce mariage,
Ce Monfieur le grand Intendant
D'une charge me fait prefent,

Dont le pouvoir qu'il me defere
Fait trembler la Province entiere.

COLLET.

Fort bien, *à part*, le sot,

LE BARON.

J'attens de plus
D'un bon procés dix mille écus,
Car je veux qu'enfin à leur honte
Mes parens me rendent un compte.
Ma Duchesse, ces biens, son cœur,
C'est de quoy narguer l'Empereur,
Vous ne me croyez pas peut-estre?
Je veux vous la faire connoistre,

COLLET,

Je n'en merite pas l'honneur,

LE BARON.

N'importe, je le veux Monsieur,
Et que vous me soyez prés d'elle
un témoin certain & fidele
De l'estime & de la faveur,
Où je suis prés de l'Empereur.
Ne parlez pas de l'insolence
De ce fol,

COLLET.

Qui prit la licence,
De vous suivre à coups de bâton,

& de vous chaffer, oh que non !
Ces coups...

LE BARON.

Ce n'eft point mon affaire.

COLLET.

Sont effacés : laiffez moy faire ;

LE BARON.

Bon.   COLLET.

Tout va répondre à vos vœux.

LE BARON.

Entrons dans mon Hôtel, je veux,
Puifque le bonheur nous raffemble
Qu'aujourd'huy nous buvions en-
      femble,
Et raffraichir parmy les pots-....
Mon hôteffe vient à propos,
A traiter elle eft fans égale.

SCENE, IV.

Mde REVESCHE, LE BARON,
LA DUCHESSE, & CLITAN-
DRE. *toûjours cachez.*
LE BARON. à Madame Revefche.

Madame un morceau de re-
      gale ?

'M. REVESCHE.

Qu'on serve Monsieur au plûtôt,
Vous serez traité comm'il faut.

LE BARON.

à Collet. à Madame Revesche.

Eh bien, Monsieur est mon intime,
Il peut vous dire en quelle estime,
Et dans quel degré de faveur
Je suis auprés de l'Empereur.

COLLET.

Surement ?

M. REVESCHE. au Baron.

Tréve à tes sotises,
Sorts d'icy sans plus de remises ?

COLLET. à Madame Revesche.

Mais....

M. REVESCHE.

Autre fou? Sortez tous deux ?
Je ne veux plus ny foux ny gueux.

LE BARON. à Collet.

Sans doute quelque bagatelle
Luy trouble aujourd'huy la cervelle.

COLLET.

Sans doute ,

LE BARON. à Madame Revesche.

Auriez-vous du chagrin
De la perte de quelque vin ?

Quelqu'un vous a-t'il outragée ?
M. REVESCHE.
Oüy, toy, fors ? je feray vangée
J'ay, logeant ce maître des foux,
Mis, je crois, la peste chez nous.
Dépuis qu'il a ma porte ouverte
Ma maison est vuide & deserte.
COLLET. à Madame Revesche.
Môsieur vous a fait trop d'hôneur.
*Courage ? *bas à Madame Revesche.
M. REVESCHE.
Il m'a porté malheur.
COLLET.
Trop de graces ?
LE BARON.
O le brave homme ?
COLLET,
Monsieur est un bon Gentilhomme,
LE BARON. à Madame Revesche.
Vous avez tort ?
COLLET.
Et franc Baron.
LA DUCHESSE. à Clitandre.
Riez-en donc ?
LE BARON. à Madame Revesche.
Baron d'Alnon.

M. REVESCHE. au Baron.

Baron d'Asnon ! quel coq-à-l'asne ?
Es-tu trop petit pour être asne ?

LE BARON.

Qui te bride,

COLLET. à Madame Revesche.

Et quoy, qu'est ce-cy ?
On fait bonne justice icy,
Et si Monsieur y rend sa plainte.

M. REVESCHE.

C'est un fou je le dis sans crainte.

LE BARON.

On me connoit trop viel Satan.

M. REVESCHE.

Pour un fou, fils d'un Païsan.

LE BARON.

Vous en avez menty carogne ;

M. REVESCHE.

Si je me jette sur ta trogne ?

COLLET à Madame Revesche.

Je le voudrois bien voir ?

LE BARON.

Monsieur,
Est un homme de foy, d'honneur,
Et peut par tout répondre comme ;
Il sçait que je suis Gentilhomme.

M. REVESCHE.

On s'en rapporte à luy vrayment ?

COLLET. à Madame Revesche.

Oüy ; des Asnons assurement
La race est anciene en France,
N'en parlez qu'avec reverence,

LE BARON à Madame Revesche.

Ecoutez-vous ce qu'il en dit ;

COLLET au Baron.

C'est un pernicieux esprit.

CLITANDRE. à la Duchesse.

Pourroiét-ils mieux joüer leur Role?

M. REVESCHE.

Va Baron demander à Dole
Tes lettres de Noblesse ? Oüy-dea?
Ton frere Cordonnier les-a.

LE BARON.

Les faussetés épouvantables.

M. REVESCHE.

Méchant plaisant, fleureur de tables.

LE BARON à Collet.

Ne croyez rien de tout cela ,

COLLET.

Quelque sot Monsieur !

LE BARON, à Collet.

Laissons la.

Je ne te dis mot, mais friponne,
Va va, je te la garde bonne.

M. REVESCHE.

Zeſt?

LE BARON.

Faire au Baron ces affrons?
Tu luy payeras, je t'en répons.
Demain j'épouſe une Ducheſſe.
Je t'euſſe fait quelque largeſſe ;
J'aurois dās l'employ, qui m'eſt hoc,
Avancé ceux de ton eſtoc ;
Mais outre que pour tant d'outrages
Je t'ôte ces grands avantages,
Je mets ma malediction
Deſſus ta generation,
Et je t'engage ma parole,
Que ſans pitié je la deſole.

M. REVESCHE.

Malgré tes tranſports impuiſſans,
Voilà pour rappeller tes ſens. *

* Elle luy jette une potée d'eau au viſage.

SCENE

SCENE V.

LE BARON, COLLET, LA DUCHESSE, CLITANDRE *cachés*

LE BARON.

AU meurtre ! au meurtre, on m'assassine,
Ah ! double tra tresse !

COLLET.

Ah coquine !

LE BARON.

Ah, ah on me brise de coups,

Collet le voyant aveuglé de l'eau qu'on luy a jetté, le batonne, & feint de prendre son party.

COLLET.

Le battre encor, retirez-vous,

LE BARON.

Ah !

COLLET.

Batonner un Gentilhomme !

LE BARON.

Un Baron, ah !

COLLET.

Je vous assomme,

B

Faquins, ah ventre ! vous mourrez,
LE BARON.

Où me sauver ?
COLLET,

Ils sont rentrés
N'ayez point de peur : mais je pense
Qu'ils m'ont d'un coup percé la
     panse,
Je sens… non, ma foy je l'ay cru,
LE BARON.

Mon pauvre habit est tout perdu,
Où suis-je donc, je ne vois goute,
COLLET.

Sans moy vous en teniez sans doute
LE BARON.

Oüy,
COLLET.

Pour vous que ne feroit-on.
LE BARON.

Passe pour les coups de baton,
Je ne m'en fais pas une affaire !
Mais mon habit me desespere,
Adieu mes pauvres rubans verts,
Oh me voilà tout de travers.

SCENE

SCENE SIXIEME.

DUPLESSIS, LA FLEUR *en bonnet de nuit*, *& la pippe à la main*, LE BARON, LA DUCHESSE, CLITANDRE, COLLET,

DUPLESSIS.

Q̃Uel malheur ainſi vous tranſ-
   porte ?

LA FLEUR.

Vous voilà fait d'étrange ſorte,

DUPLESSIS.

Parlez franc, nous ſommes à vous.

LE BARON.

Eh....

LA FLEVR.

Pourquoy vous cacher de nous

LE BARON.

Ce n'eſt rien,

DUPLESSIS.

Qui donc vous oblige

A crier ?

LE BARON.

n'eſt rien vous dis-je.

COLLET.

Il est tombé par un malheur
Des coups de baton sur Monsieur,

LA FLEVR.

Sur Monsieur !

DVPLESSIS.

Sur un Gentilhomme !
Ah ventre ! je tuë & j'assomme.

COLLET à Duplessis & La Fleur.

Faites ce que je vous ay dit
Ne l'épargnez pas ,

DVPLESSIS à part à Collet.

au Baron.   Il suffit ;
Batonner avec insolence
Un homme de vôtre importance ;
à Collet.

Qui pensez-vous que soit Monsieur ?
Des Barons l'élite & l'honneur,
Le Baron d'Asnon, c'est tout dire ;
Favory du Roy, de l'Empire.

COLLET.

C'est là que j'ay connu Monsieur.

DVPLESSIS.

Où sont-ils ? je leur fais malheur ,

LE BARON à Dupleſſis & La Fleur.

C'en eſt trop, *à Collet,* vous voyez
     vous-même ,
Que châcun me connoit & m'aime,
Les braves gens !

      DVPLESSIS.

           Mais dites nous
Qui vous a pû donner ces coups,
      LE BARON.
Qui voulez-vous que je vous diſe ,
Je ne ſçay, c'eſt une ſurpriſe.

      LA FLEVR
Ignorer qui vous a battu ,
      LE BARON.
Oüy vrayment, je n'en ay rien vû,
Et l'eau qu'aux yeux on m'a jettée,
      COLLET,
La partie étoit concertée ,
Car pendant ce temps des ſoldats
Frappans ſur vous à tour de bras,
Vous euſſent laiſſé ſur la place.
Si je ne leur avois fais face.

      DVPLESSIS.
Quoy, ce ne ſont que des ſoldats,
Cette canaille ne vaut pas,

Que vous vous mettiez en colere
Monfieur, & pour vous en diftraire,
En beuvant quatre ou cinq bons
      coups,
Fumez une pippe avec nous.

          LE BARON.

Moy fumer !

       DVPLESSIS.

          Oüy je vous en prie,

        LE BARON.

Moy je n'ay fumé de ma vie,

      COLLET au Baron à part.

Ne dites pas celà Monfieur,

        LA FLEVR.

Fumez,

       DVPLESSIS

      Faites nous cet honneur,

        LE BARON.

Mais puif-je.....

         COLLET.

      Un peu de complaifance;

    Il prend une pippe & fume.

Pour vous enhardir, je commence,

      aprés avoir fumé

Ces Meffieurs font de braves gens.

    à Dupleffis & La Fleur.

Monſieur vat vous rendre contens,

DVPLESSIS.

J'en ſuis ravy,

    LE BARON à Collet à part.

        Qu'allez-vous dire,

    COLLET au Baron à part.

Vous ne voulez pas les dédire,

    LA FLEVR au Baron.

Allons donc ?

    LE BARON à Collet.

        Si fait, je le veux :

    DVPLESSIS.

Que le Tabac eſt merveilleux !

Peut-on vivre que l'on ne fume !

Heureux qui prend cette coûtume,

Otez moy le pain & le vin,

Et me laiſſez fumer ſans fin.

    LA FLEVR.

Toſt donc,

    DVPLESSIS.

    Que de ceremonie,

    LA FLEVR.

Et fumez hardiment, Jannie,

    LE BARON.

Je n'entens rien à ce meſtier,

DVPLESSIS.

Vous fumerez, point de quartier,
Il faut...

LE BARON.

Le tabac m'est contraire,

LA FLEVR.

Il n'est rien de plus salutaire,
Pour vous en montrer les effets,
Tant qu'on fume on ne meurt ja-
mais.

LE BARON.

Mais je ne sçay cõment m'y prendre.

DVPLESSIS.

Et bien je m'en vay vous l'apprédre,

LE BARON.

Mais vous me feriez enrager,

DVPLESSIS.

Je sçauray bien vous ménager,
Là que rien ne vous effarouche,
Portez la pippe à vôstre bouche,
Et tirez vostre vent à vous,
Comme cela,

Il fume un peu.

LE BARON.

aprés avoir pris une gorgée de Tabac, &
toussé long-temps.

Morbleu,* tout doux,
Encor , A l'autre, Un peu de treve,
*Icy Dupleſſis & La Fleur tour à tour luy
ſoufflent au nez la fumée de chaque gorgée de tabac qu'ils prennent.

DVPLESSIS.

Faites donc,

LE *BARON* aprés avoir fumé & touſſé.

La peſte, je creve,

LA FLEVR.

Beuvez pour appaiſer celà,

On apporte à boire au Baron.

DVPLESSIS au Baron aprés qu'il a bû.

Tout ira mieux cette fois-là,

Ils font fumer de nouveau le Baron.

LE BARON.

Encor pis,

aprés qu'il a pris encor une gorgée de Tabac, recommence à touſſer de plus belle.

DVPLESSIS.

Vous raillez.

LE *BARON* aprés avoir touſſé

J'enrage,

LA FLEVR.

Celà va mieux,

DVPLESSIS.

Ouy dea, courage!

CLITANDRE caché.

Quel plaisir!

DVPLESSIS au Baron qui tousse toujours.

A boire au Baron,

LE BARON.

Et tost.,..

DVPLESSIS.

Ce Tabac est fort bon,

LA FLEVR.

Il est d'une odeur aussi douce....

LE BARON.

Ah! je n'en puis plus,

LA FLEVR.

Comm'il tousse!

LE BARON.

Peste de la pippe & des gens,

DVPLESSIS.

Je suis dans des ravissemens.

LA FLEVR.

Ce n'est rien,

DVPLESSIS.

M'en voulez vous croire,

Monsieur le Baron, il faut boire,

Du vin à Monsieur le Baron,

On apporte encor à boire au Baron.

LE BARON aprés avoir bû.

C'eft du piffat, maudit fripon,

DVPLESSIS.

Excufez, pour fon infolence
Nous l'allons roffer d'importance.

SCENE SEPTIEME.

COLLET, LE BARON, LA DUCHESSE.

COLLET à Dupleffis & à La Fleur.

Donnez luy cent coups de bâton,
Infulter Monfieur le Baron !

LA DVCHESSE dans l'aifle à Clitandre.

Je m'en vay achever la piéce,

LE BARON.

Ah morbleu ! voicy ma Ducheffe :
En cet état faut-il la voir,
Celà me met au defefpoir,
N'importe, prenons du courage,
Il faut effuyer cet orage.

LA DVCHESSE. au Baron,

Vous voilà bâty comme un fou,
Mon Baron, d'où venez vous? d'où?

LE BARON,

Uue malheureuse goutiere
M'a traité de cette maniere,

LA DVCHESSE.

Ah ! fy-fy ! ne m'approchez pas ?

LE BARON.

Comment ?

LA DVCHESSE.

Vous fentez de dix pas :
Le tabac,

LE BARON.

Vrayment Je n'ay garde :
Je fors d'un vilain Corps de garde,
Où parmy des foldats fumans
Un Seigneur m'a tenu long-temps.

LA DVCHESSE.

Irons nous à la Comedie ?

LE BARON.

Je ne m'y frote de ma vie,
Des Comediens l'autre jour
M'y firent un trop vilain tour.
De la Comedie Idolatre
J'étois monté fur le Theatre ;
Un d'eux, la Piéce l'ordonnoit ;
Touchoit fur l'autre, qui fuyoit :

J'en riois avecque justice ,
Lorsque le dernier par malice
Tout à coup s'accrochant à moy ,
Vers l'autre m'entraine avec soy ,
Et par cette brusque incartade
Me fit part de la batonnade.
Tout le Parterre en fit éclat ,
Et je fus pris là comme un fat.
Ils en ont perdu ma pratique ,
Et leur fortune , je m'en pique.

LA DVCHESSE.

Aprés cet affront scandaleux
Ils ne me verront plus chez eux ,

LE BARON.

Je n'y veux plus estre en contrainte,
D'un accident la rude atteinte
Hier m'eut là d'un affront gaté,
Si je n'eusse fait l'effronté. *

* Il lâcha de l'eau contre le Theatre.

LA DVCHESSE.

Mais , s'il vous plaît , quel est cet
homme ?

LE BARON.

Madame , un brave Gentilhomme,
Que j'ay joint icy par bonheur.

COLLET.

J'ay vû Monsieur chez l'Empereur,
Dont je vous puis sans artifices,
Dire qu'il étoit les delices,
Et la Cour pleine de son nom
Ne juroit que par le Baron.
Je suis ravy de voir, Madame,
Tant d'éclat couronner sa flâme,
Et mon sort m'amener si loin,
Pour en estre l'heureux témoin :
Mais s'il prend de vous quelque lu-
  stre,
Sa Maison n'est pas moins illustre,
Et ne compte de Pere en Fils
Que Comtes, Barons, & Marquis.

LE BARON.

O le brave homme ! ô le brave
  homme !
Va, sois mon premier Gentilhóme,
Je te donne ce haut employ,
Et quite l'Empereur pour moy.

COLLET.

Je ferois beaucoup mieux peutêtre,
Mais je n'ose quiter mon Maître.
  à la Duchesse.

Il souhaite avec passion
De revoir Monsieur le Baron,
Chargé de cet ordre suprême,
Je viens l'obtenir de luy-même.

LA DUCHESSE.

Je ne sçay prest à m'époufer,
Si Monsieur peut s'y difpofer.

LE BARON.

Celà ne se peut ma Duchesse,
Je vous faufferois ma promesse.

LA DUCHESSE.

J'ay regret d'empêcher Monsieur
De profiter de cet honneur.

COLLET.

Il luy fait offrir davantage
Une Princesse en mariage,
Avecque de tres-puiffans biens,
Et pour lors j'euffe esté des siens;
Mais il est plus heureux encore
Avec vos beautés qu'il adore.

LE BARON.

Et bien, Duchesse voyez vous
De quel grand prix est vôtre Epoux?

LA DUCHESSE.

Vous l'avez fait affez connoitre;

LE BARON.

Vous en aviez douté peut-être :
Pour m'obtenir, un Empereur
Depute un prompt Ambassadeur ;
Me fait offrir une Princesse,
Je vaux donc bien une Duchesse.

LA DUCHESSE.

Oh !

LE BARON.

Malgré tout celà, demain
Je vous abandonne ma main.

LA DUCHESSE.

Vous me faites bien de la grace.

COLLET.

Pour mon Maître, quelle disgrace !

LA DUCHESSE.

Mais Baron, Messieurs vos Parens
Auront-ils lieu d'estre contens ?
Et leur taire ce mariage,
N'est-ce pas leur faire un outrage ?

LE BARON.

Ils sont tous [vous m'embarassez]
Dedans leurs Châteaux dispersez,
Et mes biens, qu'avec insolence
Ils me retiennent dés l'enfance,

M'ont donné pour eux tant d'hor-
  reur....
Ciel ! que vois-je ! quel malheur !
Mais éloignons nous ma Duchesse,
Il passe icy des gens sans cesse,
Ailleurs sans interruption....

LA DUCHESSE.

Demeurons icy ,

LE BARON.

Venez ,

LA DUCHESSE,

Non.

SCENE VIII.

ROBIN, PERRETTE, LA DU-CHESSE, LE BARON, COLLET, CLITANDRE.

ROBIN à Perrette.

Nan dit qu'il est en cette Place,
Le voua tu ? qu'il a bonne grace !

Sautant au col du Baron & l'embrassant.

Mon fraire Monsiu le Beron...

COLLET. à part.

Il en tient.

C

PERRETTE. ſautant au col du Baron.

　　　Mon cher fraire Aſnon !

　　　LE BARON. à part.

A l'autre! ha! qu'eſt-ce-cy! j'enrage.

　　　LA DUCHESSE.

Qu'eſt-ce ! vous changez de viſage,

　　　LE BARON.

Me voila pris, retirons nous?

　　　PERRETTE. luy ſautant encor au col.

Mon fraire !

　　　LE BARON. à part à perrette

　　　　　Et paix ?

LA DUCHESSE. au Baron qui veut
　　s'évader.

　　　　　　　Où courez-vous?

　　　LE BARON.

Je ſuis preſſé d'un mal de ventre,

Et pour un momét chez nous j'entre

　　　LA DUCHESSE. à part.

Ie vois ſes apprehenſions.

au Baron.

Reſtez.

LE BARON. tenant les mains ſur ſon
ventre & feignant de la douleur.

　　　Quelles convulſions ?

Voulez-vous qu'en vôtre preſence

Ie faſſe icy quelque inſolence?

Ah... Ah...

LA DUCHESSE.

Bon, ce mal paſſera,

LE BARON.

Ah ! ma foy tout debondera.

LA DVCHESSE.

N'importe.

LE BARON.

C'eſt toute ma crainte,
Ne m'en faite donc point de plainte
Morbleu le fâcheux embarras !

PERRETTE. au Baron.

Quoy, vou nai nou regadez pas ?

LA DUCHESSE. au Baron.

Parlez.

LE BARON.

Le ventre m'inquiete,

ROBIN au Baron.

Regardez Robin.

PERRETTE au Baron.

Et Perrette,

LE BARON à part à Robin & Perrette.

Partez, Je vous donne à tous deux.

LA DUCHESSE au Baron.

Que demandent ces gens ? je veux.

LE BARON.

Helas, ma ſurpriſe eſt la vôtre,

Ces gens me prennét pour un autre,
PERRETTE.

Pour ain aute, nou renié!
ROBIN.

Je ne si qu'in pour Cordonnié,
PERRETTE.

Je ne si qu'aine pour vaichere,
Ma je si ta seur.
ROBIN.

        Tais mon fraire,
LE BARON.

Moy! vous resvez,
PERRETTE.

      Oüy dea, tu lais,
Tu lais, tou gro Monsiu que tais,
   à la *Duchesse* & à Collet.
Nou nou disi bin que le traistre,
Ne vouroit pas nou renonnoitre.
LE *BARON* à part à Perrette & à Robin.
Décampez, j'auray soin de vous,
LA DUCHESSE.

Vous estes donc de nos filoux,
Digne Baron,
    LE *BARON* à part.

        Maudit lignage!
Vous croyez,
     à la *Duchesse.*

PERRETTE au Baron.

Quan dans nout village,
Je gardin lé pourceaux tou dou,
Tu n'etais pas si gloriou.

COLLET à Perrette.

Impertinente, est-ce la comme,
Vous respectez un Gentilhomme!

PERRETTE.

Lo Gentilhomme, & dé peu quan?
Nout paire ait ain pour oaysan.

ROBIN.

Bin pour

LE BARON.

Il ne m'importe guere
Quel vous soyez, ou vostre pere,

PERRETTE

Le pour homme, il ais bin chansou,
I nou croyo tou bin heurou.
Il tesmognit tan d'allegresse,
Que t'épousais aine Duchesse.

à la Duchesse.

Helas Maidaime il esperoit,
Qu'au mouen y nou soulegeroit,
Quar j'avon tan de gueulerie.

LE BARON.

Voyez un peû l'effronterie

Supposer...

         LA DUCHESSE.

           Ah Monsieur d'Asnon,
Me tromper de cette façon,

         LE BARON.
Madame je suis honneste homme.

         LA DUCHESSE.
Vous faites donc le Gentilhomme,
Le Baron ! & sous cet éclat
Vous n'estes qu'un fol, qu'un pied-
     plat,
Qu'un gueux,

         LE BARON.
          Madame la Duchesse,
On me fait exprés cette piéce.
Ie ne connois point ces gens-là,

        PERRETTE au Baron.
Va, va,

       LE BARON à Duchesse.
        Monsieur certifiera
Ma Noblesse, & j'ay l'avantage
Qu'il connoit tout mon parentage,
Il sçait bien que de Pere en Fils
Nous comptons Barons & Marquis
Vous l'at'il pas déjà sçû dire ?

COLLET.

Ie me mocquois, c'étoit pour rire.

LE BARON.

Vous m'avez vû chez l'Empereur ?

COLLET.

Moy ! non,

LE BARON.

Vous estes donc menteur :
Ne m'avez vous pas même encore
Cité ce Forcas que j'abhorre,
Circonstancié certain point
Que.... que je ne nommeray point.

COLLET.

Les coups de baton qu'à vous vaincre.....

LE BARON.

D'accord, puisqu'il faut vous con-
vaincre.

COLLET au Baron.

Ce que j'ay dit vous a surpris,
Madame me l'avoit appris.

LE BARON à la Duchesse.

Et c'est donc vous bonne traitresse,
Qui m'avez tramé cette piéce ?

LA DUCHESSE.

Et tous les tours qu'on vous a faits,

L'amour a produit ces effets,
Vous en contez à des Duchesses ?
Vous leur inspirez des foiblesses ?
Elles veulent vous époufer,
Voilà pour vous defabufer.
C'est, *à Collet*, trop peu, pour fon
   infolence
Qu'on le batonne d'importance.
      COLLET prenant un baton.
Vous en aurez Baron d'Asnon,
Et Je...

        LE BARON.
    A moy des conps de baton ?
  PERRETTE prend auffi un baton
Ah mort de ma vi ! j'an veux eftre.
  ROBIN. s'armant auffi d'un bâton.
Tu me le payera bin, traitre,
      PERRETTE.
Et tu nou fas don des effronts ?
       ROBIN.
Et tu contrefai des Berons ?
  LE BARON à Collet & aux autres.
Point de compliments, frapez vite ?
   Ils le frappent tous & s'arrêtent.
Ah....depêchez, que j'en fois quite!

PERRETTE. au Baron.

Trompé dai gen de qualité,

LE BARON.

Ah, ah...

Ils le frappent de nouveau

CLITANDRE *fortant du lieu où il étoit caché.*

Tu l'as bien merité.

ils continuent de le frapper.

LE BARON.

Ah.. ah.. ah..Monfieur je vous prie

à Perrette & Robin.

Mon frere, ma fœur.

CLITANDRE.

Comme il crie.

PERRETTE au Baron.

Ta feur

LA DVCHESSE.

Ils font donc tes parens.

LE BARON.

Eh... ouy Madame je me rends,

J'ay fouffert que l'on me batonne;

Mais qu'on ne le dife à perfonne,

Je vous en conjure tous,

LA DVCHESSE.

Non,

PERRETTE faisant la reverêce au Baron.
Adieu mon fraire le Beron.

FIN.

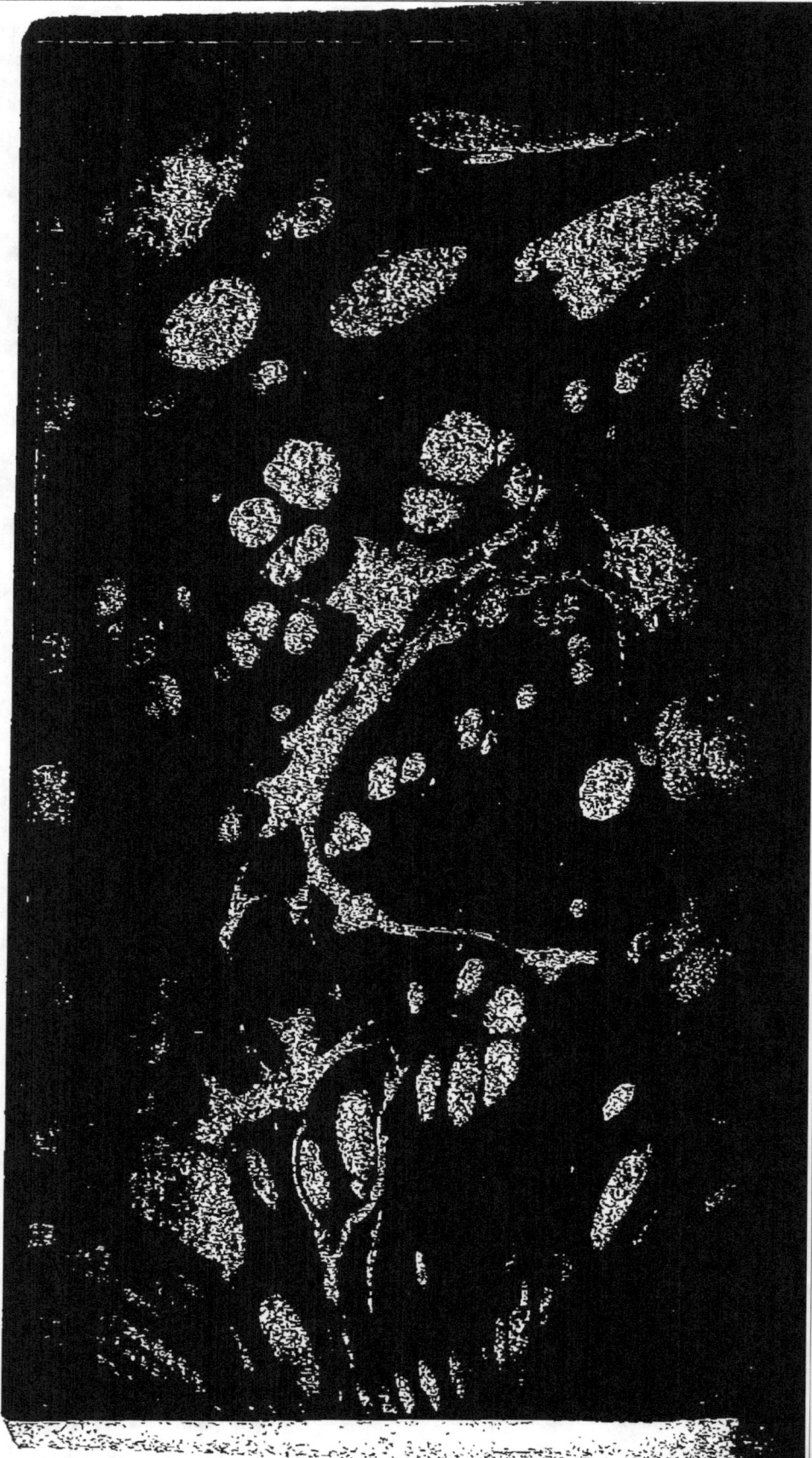

8° **B**

14 2 4

www.ingramcontent.com/pod-product-compliance
Lightning Source LLC
Chambersburg PA
CBHW061645180626
46818CB00003B/974